KB269151

향기 속으로

향기 속으로

초판 1쇄   2013년 6월 3일
지은이   박각순
펴낸이   김영재
펴낸곳   책만드는집

주소   서울 마포구 합정동 428-49번지 4층 (121-887)
전화   3142-1585·6
팩스   336-8908
전자우편   chaekjip@naver.com
출판등록   1994년 1월 13일 제10-927호
ⓒ 박각순, 2013

ISBN   978-89-7944-436-0 (03810)

향기 속으로

박각순 시집

책만드는집

| 시인의 말 |

독자에 얼굴을 내밀며

남쪽의 미항 여수에 내 한 몸 섞인 것이 환갑의 반이다.
내가 사는 고장 사랑하고 내 곁에 있는 이들과
더불어 아끼고 나누며 애정으로 뒹굴었다.
흘러가는 옛이야기 속에
남도는 섬이 많아 귀양살이한
훌륭한 선비 장군들이 많았단다.
그래서 그랬을까 유달리 문인들도 많고
힘이 센 장사들도 많아 오죽하면
벌교 가서 힘자랑 말라고 하지 않는가.
이런 고장에서 문인의 길을 걷는 건
잘 닦인 포장도로에 맥주병 깨트려
바닥에 깔아놓고 걷는 것과 같다.
삼십 년 넘게 생산 활동 하다
정년이란 퇴물을 만나 뒷방으로 밀려나
가는 세월과 노닐다 지인의 덕으로
문인의 길에 한 발 올려놓았다.
더불어 살아온 사람과 애정을 쓰고

사는 동안 이별한 아쉬움을 그렸다.
만나고 헤어짐은 우리들 누구나 다 아는 것.
아픔을 달래려 깊은 산사에 머물고
저녁노을 바닷가에 앉아 부서지는 파도를 벗 삼았다.
발길, 마음 가는 곳 느낌을, 이 책에 담으려고 했다.
미숙하지만 새 희망을 갖고 세상에 내놓는다.

추신 : 여기까지 오게 하신 신병은 교수님, 백학근 시인님 외 함께
수학하는 동무들께 깊은 감사를 드린다.

2013년 봄

박각순

| 차례 |

4부

1부

너를 본다
가을 하늘 바람 따라
서에서 동으로, 북에서 남으로
기댈 곳 찾아 헤매는

오늘은 저 높은 하늘에 안겨
꿈을 꾸고
아침이면 외로운 철새 되어
또 다른 세상 찾아가는
조그만 뭉게구름

깊은 밤 어디 기댈 곳 찾아
머리 위 달에게 길을 물으니
하늘에 수놓아진 별들을 가리킨다
저 많은 별들 어느 별에게
네 갈 길 물어볼까

구름아
저 높은 하늘 보지 말고
아래를 보렴

네가 안길 나는
이렇게 여기에 있단다

향기 속으로

나는 보았다 예쁜 옷 입고
나를 위해 밝은 미소 짓는 당신
너무나 예뻐 자랑하고 싶어
나만을 위한 모습이기에

강가에 펼쳐진 이젤에
핑크색 장미가 소담스레 피어나고
마셔버린 빈 찻잔 속에
사랑의 숨결이 숨어 있다
한순간에 둘러본 보금자리
장미 향 가득한 궁궐
한 발 들어서면
아늑한 꽃에 파묻힌다

삶

무엇을 본다고
머리에 넣지 마라
향기 나는 음식을
보았다고 침을 삼키지 마라
무엇을 느낀다고
가슴에 새기지 마라
네가 보고 느낀 것은
순간어 지나는 것
순간을 참지 못하면
그 늪에 빠져
영혼까지 침식당하리라
본시 네 영혼은
밤새 내린 눈 위로
밝은 태양이 비칠 때보다도
더 하얗고
첩첩 산골짝
계곡물보다
더 맑았느니라

거리에 핀 장미

시청 앞 로터리 건너에
가로수 밑으로 애기동백나무 사이에
목을 길게 빼 올리고
활짝 웃는 얼굴로
발길을 멈추게 하는
장미 한 송이

얼마나 활짝 웃는지
향기를 폴폴 날리며
사람을 취하게 한다

어려움 속에 힘차게 올라와
아름다운 모습 보이며
활짝 웃는 모습으로
너는 세상 나와 남을 위해
활짝 웃어준 적이 있는가를
저 장미가 되물어준다

나뭇잎

앙상한 가지에
철 지난 잎사귀 하나
대롱대롱 매달려
바람 따라 흔들린다
지난 인연의 끈 놓지 못해
조그만 정 붙잡고
혹여나 하는 마음에
몰아치는 바람의 회초리 견디고 있다
몸은 갈라 이리저리 비틀려
보잘것없고
지나는 새도 다람쥐도 돌아보지 않는
외로운 나뭇잎
놓아야 할 인연의 끈 붙잡고
봄이 오면 옛사랑 주려나
바람 따라 흔들린다

비우지 못하고 씻는다

비워야 채워진다지 무엇을 비울까
어떤 것을 먼저 비울까
돈, 내가 비울 돈이나 있나
그래!
내겐 많은 과거가 있지
그것을 하나하나 내려놓자
추악하고 더러운 시궁창에서 묻은 것이
뼛속 깊이까지 달라붙었구나
하나둘도 아니고
수십 수백 겹으로

거짓과 위선으로 단단하게 무장된
철갑 옷부터 벗어야 하는데
마음만 앞서지 단추 하나 못 푸는구나

저 골수까지 더럽혀진 걸
애당초 씻어내는 것은 안 되는 것 마음이나 끄집어내어
세탁기에 넣고서
깊은 산 이슬방울 담아
새소리 바람 소리 숲의 속삭임으로

깨끗하게 씻어
가을 하늘 구름 위에 말리자

인생

글을 쓰다가
마음에 안 들면 휴지통에 던질 수 있고
그림을 그리다가 이것이 아니다 싶으면
찢어버리면 된다

인생은 살다가 이것이 아니다 싶어도
실패하여 좌절감에 빠질 때도
지우개로 지울 수 없고
찢어버리거나 던져버릴 휴지통도 없다

가는 길은 외길
돌아갈 수도
쉬어 갈 수도

돌아갈 수 없어
힘차게 내딛는 지금의 발자국
석양의 찬란함이어라

가을비

비 내리는
거북공원 길을
우산 없이 걸었다
그저 그렇게
버드나무 이름 모를 나무들
한 잎 한 잎
내가 가는 길에 훌훌 날아와 앉는다
바람이 불면 쏠려 다니던 녀석들
빗물 먹었다고 움직이지 않는다
나만큼 가을비를 먹었을까
한 발 한 발 천근처럼 무겁다
머리에서 흘러내린 빗물이
입 안에 스며든다
가슴 저 밑에서부터
아스라이 아파온다
저 건너에 그 사람 뒷모습이 보인다

초봄의 눈

입춘이 지나간 지 한참이다
화단에 새순이 돋으려나 했는데
밤새,
하얀 꽃송이 소담스레 피워놓았다

계절도 나같이 여유가 많은가
가는 길에 놀기라도 하는 듯이
나무 가지마다
하얀 꽃송이 올려놓는다

눈부신 봄의 눈
철부지 어린아이처럼
가지 위 꽃들
초롱한 물방울로 치장한다

잠에서 깨어나라

미명 속을 헤치며
해가 솟는다
잠자는 바다여
잠에서 깨어나
춤을 추어라

너희를 위해 찬란한 빛을 내린다
네 가슴속에 잠자는 수많은 고기들
너 파도와 함께 춤을 추어라

하늘을 붉은빛으로 밝히노니
뜨거운 기운을 받아
힘차게 힘차게
끓어올라라

보아라 네 기운이 하늘에서
용솟음친다
소용돌이치는 구름들이 널리 퍼지며
너희들의 세상임을 알린다

허목 1

강산이 수차례 변해
옛 기억에도 지워진
흐릿한 얼굴
불러주면 가까이 올 것 같은 영상

이슬비에 깨끗이 씻긴
초가 담 지붕에
한 송이 호박꽃 같은 처녀
그래 친구야
이제야 보이네
너희들이 나를 불러주었구나

꽃보다 예뻤던 기집애들
패기 왕성한 머스마들
너희들도 뒷전으로 물러나
어두워지는 저녁
내리는 어둠 받아들여
가슴에 쌓인 시름 씻어내는가

새벽 시장

좌판의 생선들 얼음 이불 덮고 추워할 때
모닥불 얻어 덮어준다

다라이에 가득한 꽃게
금방 잡아 온 듯 퍼덕이는 횟감들
싱싱한 생선포를 뜨는 할머니
은빛을 폼 내며 누워 있는 갈치
살색으로 요상하게 생긴 개불
살아 숨 쉬는 새벽 시장에
배달 오토바이 짐 가는 고함 소리
조그만 리어카 따끈한 커피 소리
"요것이 금방 잡아 온 놈이여
신랑 밥상에 올려놓으면 거시기가 벌뜩 서버려잉"
여기저기 구수한 사투리로
흥정하는 정겨운 소리가
아침을 열어준다

별

바다는
깊은 밤 쉬지도 않고
철썩철썩 파도를 만들어
내 가슴을 두드린다

이른 아침 태양이 솟을 때
바닷가 바위에 올라선다

파아란 바다에
밤새워 하늘의 별을 따다
바다에 깔아놓고
별은 하늘에만 있지 않고
바다에도 있다고

어둠 속에 빛나는
하늘의 별이 아름다울까
밝은 태양 빛에 빛나는
바다의 별이 아름다울까
하늘의 별보다도
바다의 별보다도

내 가슴에 자라는 별이
제일 아름답다

내가 사랑한 당신

당신
이렇게 불러놓고
아무 말도 못 하는 내가 바보일까
당신이라는 그 말 한마디만
입속에 담아도
진달래 벚꽃 개나리 장미가 한 아름
가슴에 안기니

당신
마음으로 당신을 그려보니
흘러간 나날 속에, 활짝 핀 꽃보다
당신이 더 아름답구려
지나는 시간은 잡아도 잡아도 뛰어가고
내 마음 전할 길은 뛰어도 뛰어도 제자리
수십 년이 지나도 당신을 사랑하는 마음
난 항상 제자리

당신
국화 향기 들녘에 가득하고
참깨 들깨 고소한 내음

오곡 속에 스며들 때
당신을 향한 내 마음도 함께하는구려

당신
하이얀 눈 위에
동백꽃 가만히 내려놓아요
따스한 눈으로 당신을 싸안지요
당신이 자는 사이
새하얀 솜으로 바꾸어놨지요

잡초

너 잡초야
지난밤 비바람이
그토록 심하게 세상을 흔들었는데
용하게도 살아남았구나

보아라
저 높은 산 너머에서
이 세상을 밝은 빛으로
어둠을 걷어내는 태양이
힘차게 솟아오른다

밤새 흔들렸지만
일어나라 일어나서
이제는 너희가
온 세상에 녹음 짙은
산과 들을 만들 때다
허리를 쭈욱 펴고
힘찬 줄기를 뻗어 올려라

네가 바로 꽃이다

바람

바람이 불어온다
바람 속에 임의 목소리가 들려온다
반가운 마음에 창문을 열고 바람을 맞이한다
싱그럽고 시원하게 나의 몸을 감싸 안으며 속삭인다
살며시 눈을 감고 몸을 맡기니 임의 향기가 스며든다
꿈속인 듯 감미롭고 황홀하다
우리 임은 바람 불어오는데
나는 언제 비를 뿌려 임의 가슴에
사랑의 꽃비를 가득 채워주려나

니

어디 보자,
인간의 형상이니
인간 같고
속을 들여다보니
쓰레기 태우는 굴뚝 같고
하는 행동을 보니
수십 년 전 공동변소 같고
마음 씀씀이는
벼룩 간덩이 같고
환갑을 넘겼으니
폐차장 고철 같다

사랑 1

향긋한 솜뭉치 한 아름
가슴에 안긴다
손 휘둘러 당겨 안으니
어라,
금세 부풀어 오르는 하늘

만져보고 쓰다듬고
보고 또 보고
이것이 꿈이냐
활화산 같은 가슴이
터지려는데

스님과 고양이

스님의 기척 소리가 나자 목줄이 매인
커다란 고양이 한 마리가 나타난다
'해탈아 법당에 가고 싶니?'
"야~옹……"

스님이 해탈을 가슴에 안고
법당 앞 기둥에 목줄을 매어놓고
법당에 들어가셔서 법문을 외며
깊은 명상에 드시자
해탈도 눈을 지그시 감고 명상에 든다

한참을 지나 스님이 법당을 나서자
스님 곁으로 다가온 해탈에게
한 말씀 하신다
해탈은 모르는 척 대꾸가 없다
가만히 들으니
자기가 필요한 말만 듣는 듯
가끔 야~옹 하며 대답한다
스님은 알았다는 듯
'그래 그러럼' 고개를 끄덕이신다

천지간에 스님도 고양이도 지금 해탈 중이시다

여보야

여보야 눈을 감아보렴
당신에게 지금부터 최면을 걸어
내 마음을 전해줄게
가슴에 손을 올리고
크고 길게 숨을 쉬어봐
한 번 두 번 세 번
이제는 내가 보일 거야 내 눈을 들여다봐
당신을 사랑하는 애잔하고 따뜻한 나를
결코 당신을 실망시키지 않을
진실한 눈이 당신을 보고 있지
당신의 크고 빛나는 눈동자 속에
내가 담겨 있지
여보, 조용히 귀 기울여보렴
내 목소리가 들리지
당신을 위해 간절히 기도하는
나의 목소리……
여보야 내 말을 헛되이 듣지 말고
가슴에 새기렴
그 말 속에 우리들의 미래가
크고 넓은 정원에 그림을 그리는

당신의 마음이 있어요

여보 살며시 내 손을 잡아봐요
거기에 당신이 있고 내가 있어요
따스한 기운에 당신을 감싸 안으며
아침의 눈을 뜨도록 도와줄 거요
저 끝없이 높은 가을 하늘도
저 넓은 바다 수평선도
당신을 사랑하는 내 마음처럼
높고 넓지 않아요
이 세상 그 무엇과도 견줄 수 없는
당신. 늘 처음 같은 당신이지요

그대 가려거든

그대
가려거든
꽃 활짝 핀 봄날에 가지 마소
저렇게 화사하게 웃고 있는 꽃들이
울 것 같지 않구려

행여나
햇볕 내리쬐는 여름날엔
내 곁을 떠나지 마오
당신 힘들어 떠날 때
얼굴에 흐르는 땀방울이 눈물인 줄 알고
내 가슴이 찢어질 것 같아요

파아란 가을 하늘
늙은 감나무 잎새 내려놓고
여기저기 빨간 감 몇 개 달아놓은
스산한 바람 낙엽 뒹구는 계절엔
떠난다고 하지 마오
당신 그림자가 내 몸을 엮어
딸려 갈 것 같구려

하얀 눈 소복이 내리는 겨울엔
당신을 보낼 수 없어요
가시는 걸음마다
눈물방울 흘러 얼면
영롱한 무지개 색 보석
녹아 사라질까 봐

당신의 따뜻한 손 놓기 전엔
가려고 하지 마오

아내의 정원

베란다 문을 열고 숲으로 들어선다
야월화의 큰 나무 아래
작은 난까지 가득 찬 화분들
옆에는 빈 화분이 겹으로 쌓여
아름다운 주인의 마음이 담기길 기다린다
사랑받지 못해 버려진 것들은
아내의 영역에 가득 찼다

사랑은 인간만의 일이 아닌 듯
아내의 사랑을 먹고 피어난 꽃
봄 여름 가을 겨울
아내의 정원에는 늘 꽃이 피어 있다

봄을 보내는 장미

매서운 칼바람 잠재우며
따스한 봄바람 불러들여
잠자는 꽃들 깨워놓으니
천지 사방 개나리 벚꽃 놀다 가고
진달래 철쭉 산자락을 불태워
뜨거운 열기를 장미에게 보낸다
가지마다 한두 송이면 될 것을
가는 봄이 그렇게 고마울까
제 한 몸 생각도 않고
수십 송이 피워
허리가 구부러지도록 절을 올린다

마음의 꿈

어찌할까
망설임 속에서도
무정한 시간은 걸어간다

그녀의 따사로운 눈길이
몇 발짝 너머에 항상 머무는데
마음의 빗장 걸어놓고
담 너머 그녀를 훔쳐보는 못된 습성은
어디에서 오는 걸까

그녀도 나도
시간의 크루즈 선상에서
낮에는 푸른 바다
부서지는 파도 속에
갈매기 하모니를 듣고
밤에는 별빛 아래에
한 몸 되어 춤춘다

은하수 깔아놓은 하늘을
한 겹 걷어내어

예쁜 드레스 그녀에게 입혀놓고
황홀경에 빠져든다

기도

난 아무것도 몰랐어
세상이 흑백사진같이
다 그런 건 줄 알았지

그런 나에게 너는
오색도 아닌 총천연색을
그것도 향기가 가득 찬
찬란한 꿈 무지개 같은
그런 세상을 나에게
선물했어
조용한 호수에 조약돌을 던져
그 파문이 호수 전체로 퍼져 나가
온통 사랑이 넘실대는
그런 사랑을 가르쳐줬어

배운 것을 활용하려니
눈앞에서 사라졌어
안 돼!
나에게 사랑을 가르치고 심어놓은 소중한
씨앗, 네가 가꿔줘

포장하다

형형색색의 포장지
어떤 것이 좋을까
남이 보면 절대 안 되는
더럽고 치사하고
속이 생선 썩어가는
아니 아니야
바로 내가 썩어가는 것
수십 년 위장된 가짜 인생

무지개 그림으로 할까
핑크빛 하트 그림으로 할까
파란색으로 할까
하이얀 순백으로

아!
내 포장지는 농촌에 버려진
까만 비니루가 제격이구나

동반자

안개 속 마차에 동승하여 희미한 길,
마부의 서투른 솜씨로
갈팡질팡 이리저리 헤매며
달려가는 동안
당신은 불평 한마디 하지 않고
늘어가는 탑승객에 정성을 다했지

탑승객도 다 내리고
우리 둘만 남으니
마차는 텅 비어 허전해도
푸른 초원 펼쳐진 순탄한 길가에
예쁜 꽃들이 활짝 웃으며
우리를 맞이하는구려

세상에서 제일 아름다운 이여
바쁜 일도 없는데
이제는 마차에서 내려
우리 손잡고 걸어요

2부

가는 세월

동생이 생길 때까지
어머님의 젖을 물고
누나 형이 가르치는 초등 저학년 교육
초롱불 아롱이는 등잔불에
콧구멍은 군불 땐 굴뚝처럼 시커멓게 그을리고
하루 종일 들일하신 아버지
코 고는 소리가 초가집 천장의 쥐들
달리기 경주 응원 나팔 소리 같다
어머니 손잡고 오 리 길 걸어
운동회 때 구경 와서 눈깔사탕 먹던 학교에
조그만 보자기에 교과서 둘둘 싸서
등에 비스듬히 둘러메고
코스모스 피어 있는 길 달렸지
사춘기 여학생 꼬드겨 빵집에서
밤새워 쓴 소설 살며시 내밀어 주고
줄행랑을 쳤었지
국방 의무 남자들의 세계
정신 무장으로 청소년의 허물을 벗었지
취직에 장가도 가고
세월 가는 만큼 식구도 늘고

먼저 온 사람 순서 없이 바쁜 사람 보내며
뜨는 해의 장엄함도
지는 해의 허전함도
정류장 버스 한 대 왔다가
떠나는 것 같아라

동창회

초등학교 동창회를 한다기에
천 리 길을 달렸다
먼저 온 벗들이 바쁘게 움직인다
악수하며 그동안 안부를 묻는다
시간에 맞춰 수십 명이 모였다
회장이 인사말을 하는데도
귀담아듣는 녀석은 한 놈도 없다
서로가 수십 년 전 일을 주고받으며
박장대소를 한다
오고 가는 대화가 반은 욕인데도
한 녀석도 얼굴을 찡그리지 않는다
여자들도 한 자리 끼어서
걸쭉한 농담을 뱉는다
육십 년 세월이 부끄러움을 벗어던져
이제는 남녀가 따로 없다
참석하지 못한 친구들의 안부를 물어본다
저세상으로 먼저 간 녀석들이
가슴에 저며든다
이곳에서 씨름하고 꿈을 꾸고 그림 그리며
영원할 줄 알았는데

주변의 소나무 은행나무 단풍나무는
아직도 그대로인데
우리는 반백이 되었다
지난 세월 더듬어도 건질 것이 없어
남은 세월 헤아려보니
눈앞이 희미하다

지우개

봄이란다
봄 같은 건 오지 않으면 좋겠다
아니!
계절이 바뀌지 않았으면
나는 지우개를 들지 않을 거다

하나하나 계절을 버릴 때마다
여지없이 찾아오는 못난 영상
너무도 염치없이 끝없이 찾아온다
오색찬란한 집을 지어 위장하고
철 대문으로 막았는데

막걸리로 지우고
쓴 소주로 지우고
시원한 맥주로 지우고
마지막 친구 놈과 같이 지워도
걸어온 발자국을 피로 새겼는지
금옥으로 길을 수놓았는지
복사꽃 얼굴 요정 되어
대문을 흔들어댄다

잃어버린 사랑

바람아
네가 거세게 분다고
내가 너를 원망하더냐
이미 차가워진 마음인데
하염없이 내리는 비야
네가 소나기 되어
하늘에 번개 칼 휘두르며
천지를 시끄럽게 한들
내가 짜증을 내더냐
이미 식어버린 가슴인데
하얀 꽃송이로 온 세상을 덮어도
내가 너를 귀찮아 여기더냐
이미 꽁꽁 얼어버린 나인데
태양아 네가 아무리 뜨겁게 나를 달궈도
네가 헛수고란 걸 안다
오직 하나
내가 사랑한 그녀를 가슴에 안겨주면

가슴에 내리는 비

후드득 후드득
유리창에 노크 소리가
고요한 가슴을 울린다
할 일 없으면 그냥 지나가면 될 것을

아침부터 하늘이 흐려
먹구름 만들더니
바람에 실려 둥둥 떠나보내다가
그냥 보내기 서운했나
눈물을 흘리며 보낸다
바바리코트에
우산 하나 받쳐 들고 길을 나선다
바람이 거칠지 않으니
바닷가로 발걸음을 돌린다

호수 같은 가막만 양식장 너머에
청둥오리 철새들이
갈매기와 어울려 뱃놀이를 즐긴다
바지 자락이 젖어간다
비를 맞아서 그럴까

몸에 차가운 기운이 퍼진다
아스라이 떠오르는
그 사람 때문인가
해맑게 웃는 그 사람이
아! 미치도록 보고 싶다

찻집에서

차 한 모금 입에 넣고
창밖 풍경을 스크린 배경 삼아
아름다운 영화의 한 장면
고이고이 가슴에 새길 때
시간이 늦었다고 자리에서 일어서는
무정한 여인
잡을 수도 막을 수도 없는 마음
그래요 조심해서 잘 가요
가슴속 애끓는 뜨거운 사랑을
찍어 눌러 잠재우려 애쓴다
타는 장작에 기름 부은 듯
심장 뛰는 소리가
수평선에 통통배 지나는 것같이
아스라이 허전한 가슴을 울린다

고향 친구

흔한 정자나무 하나 없는
천안 변두리 시골 마을
친구들 부름에 수백 리 길을
한달음에 달려왔습니다
논두렁 밭두렁 웅덩이는
어디로 이사 갔는지
그 자리에 아파트만 서 있습니다
설레는 마음 간 곳 없고
초로의 친구들 은백색 아래
골 깊은 주름만 맞이합니다
이놈 저놈 빈자리 어디 있을까
돌아보니
여기저기 병원 명패만 보입니다

아들아

아들아
우리 품에 안겼다고 들었을 때
너는 최고의 의사고
장군이고 대통령이었지

그런 꿈을 너에게 심어주고
우리는 거름 주고 물 주고
비바람 몰아치면 막아주고

이제는 네가 우리가
걸어간 길을 걷고 있구나
내가 걸어간 길은
이미 탐험이 끝난 길
새로운 길을 개척하거라

그것이 꿈속의
무지개인들 어떠리
거기서부터 시작인 것을

그림자

함께했던 시간이 아쉬운 걸까
돌아서 가는 그녀의 뒷모습이
기다란 그림자를 데리고
한 발 한 발 보도블록을 찍으며
바바리코트 자락 흔들어
잘 가 하며 인사한다

겨울비

비가 내린다
비가 내리지 않아도
이미 차가워진 가슴인데

차라리 눈이라도 내리면
옛 추억을 더듬어
어두운 얼굴 잠시라도
활짝 미소라도 짓는데

유리창에 후드득 부딪치는
빗방울은
제 몸 아픈 줄 모르고
겨울바람과 같이
식어버린 눈물 되어
가슴으로 흘러내린다

우리 공주여

네가 이 세상에
큰 울음을 터뜨릴 때
우리는 온 세상에
수십 개의 무지개를 보았단다
샛별같이 초롱한 눈망울
미운 네 살 말썽쟁이
유치원의 꼬마 천사
초등고의 새침한 소녀
중고교 시절 사춘기 연애 연습
대학의 지식과 교양
네가 거기까지 가도록
우리는 너에게 눈을 두었지
어느새 너는 우리의
눈 부로 훨훨 날아다니는구나
이제는 네 세상 멀리 아주 멀리
날아 네 꿈을 펼치거라

가잔다고
세월 따라 여기까지 왔다
이제는 익숙해져
누가 가자면 그저 따라갔다
많이도 따라다녔다
이제 내가 가려는데
앞길이 보이지 않는다
나이도 경륜도 만만치 않은데
한 발 내딛기가 너무 어렵다
한 발자국 그것이 철벽이다
누군가 뒤에서 밀어준다면
얼떨결에 앞으로 나아가련만
주변을 둘러봐도 밀어줄 사람 없어
몇십 년 싸움꾼 마누라에게
한 아름 꽃다발 안겨주고
가슴속 정열 보여주니
처녀로 돌아가 깨어나지 않는다

네 이름을 공중에
메아티치게 부를 줄 몰랐다
영원히 시들지 않을
이 세상에 하나밖에 없는
내 인생의 꽃
잠시 네 곁을 떠나 있을 때
끝없는 침잠 속으로 빠져드는
내 삶을 보았지
너는 향기도
생활의 양식도 없는
너무나 가난한 한 송이 장미
누군가 다가와 인사를 건네면
연꽃 같은 포근한 미소를
장미 향 가득 담아
가슴에 안겨줬는데
눈도 코도 없는
천치 바보들만
어슬렁거리다가
차가운 겨울바람과 동행한다

내 인생

그냥
거기에
서 있었다
그런데
세월은 많이도
지났구나

그래
장가도 들었구만
아들딸도 낳고
마누라도 예뻤지

그리고
뭐 했지
뭔가 많이 했는데

그렇구나
술
매일 술만 마셨구나

시간 도둑

그 사람과 만나서
차 한잔 마시며
서로가 깔깔 껄껄 웃었는데
시간은 이동해
조용히 쉬고 있던
배꼽시계를 깨운다

저녁을 먹으며
요리 품평 몇 마디 했는데
주변의 손님들
질투심에 다 나가고
우리 둘만 남아서
주인아주머니 눈총만 받는다

카페에 앉아
봄이 오는 소리 들으며
어느 책 멋진 주인공의
사랑 이야기를 나누는데
시간은 훌쩍 자정 문턱을 넘는다
정말 사랑은 시간을 훔치는 도둑이다

선소

가막만 깊숙이 감춰진
유서 깊은 선소
먼 옛날
세계 최초의 철갑선을 만든 곳
이곳에 그 시절 건물만
오가는 이 눈치만 살핀다
수백 년 나이 먹은 정자나무 아래
불쑥 튀어나온 뿌리에
엉덩이를 내려놓으니
까마귀 몇 놈 울어대고는
재미없는 듯 저 산 너머로 달아난다
조용히 눈 감으면
화로에 풀무질하는 소리며
대장장이 망치질 소리
목수들 나무 깎는 소리가
환청인 듯 귓가를 어지럽힌다
입구에 터줏대감마냥
자리 지키던 조그만 어촌도
막걸리 한 사발 마시던 허름한 주막도
신기루처럼 사라지고

뿌리 깊게 박힌 나무만
흔들림 없이 지키고 섰다

고독

해는 서산 너머로 숨으려고
하늘을 붉게 칠하며
조용히 자태를 감춘다
알맹이도 없는 빈껍데기
저 밑에 뿌리도 지쳐
더 이상 버틸 수가 없어
쓰러진 고목
어둠이 가만히 찾아들어
감싸 안는다

처가댁

하나 남은 동서에게
모처럼 처가댁에 가자고 연락했다
시골이지만 옛 모습은 간데없고
반半도시다

수년 전만 해도 내가 도착하면
장모님이 제일 먼저 달려 나오셨는데
대문 없는 집 안에 들어서니
커다란 소들만 눈인사로 반긴다
늦은 오후가 되어
처남 처형들이 차례로 등장한다

오랜간의 해후라 모두가 정겹다
제법 큰 염소를 잡았다고
처남댁이 과시한다
커다란 가마솥을 마당가에 놓고
장작불을 지피며 숯불 앞에 모여 앉으니
세상의 정겨움이
여기 다 모인 것 같다

엄마

아이고 귀신들은 다 뭐 하는지 몰라
웬수 같은 저놈 안 데려가고
아침에 깨우려고 왔다가
얼굴과 몸이 거무죽죽하게 변한
내 몰골을 보고 난 후다
저놈이 저렇게 됐으니
싸운 상대 녀석은 보나 마나다
빚쟁이처럼 찾아올 그놈의 부모들
또 치료비는 얼마나 들지 걱정일 것이다

한잠 늘어지게 자고 나니 온몸이 아프고 쓰리다
마당이 시끄러워진다
가만히 귀를 기울이니
이웃 동네 분이 길가에 쓰러진 엄마를 모시고 왔단다
우리 동네에서 병원은 오 리가 넘는다
아마도 그 녀석 병원 가서 치료해주고
차비가 아까워 걸어오시다가
기력이 없어 쓰러지셨나 보다

에라, 군대나 가자

군에 가면 월남에 지원해야겠다
입대하자마자 월남전은 끝나버리고
군에서 돈 벌어 엄마한테 효도하려는
내 기특한 효심은 물 건너갔다

나이 사십이 넘어 엄마를 알아가는데
이제는 마음이 놓이셨는지 산으로 가셨다
기억 속 엄마는 밝게 웃는 모습이 없다
혼자 노래방에 들러 태진아의 사모곡을 부르며
눈물로 그리움을 달랜다

겨울나무

푸르던 가지에 달린 잎
곱게 단장시켜 다 내려놓고
앙상한 가지 위에
하얀 얼음꽃 아슬아슬 올려놓고
바람 따라 흔들리는
애달픈 겨울나무
당신이 있어
세월이 가는 걸 알았소
온 세상에 연초록 꽃이 피어나고
서로가 아름답다고 밝게 웃고
들녘과 산야에 녹음이 짙어지고
그늘 밑에 앉아 스르르 팔베개를 풀던
당신이 있어
가지마다 아름다운 색으로 덮고
낙엽이 떨어지는 소리를
들을 수 있소

빗방울

아침인데 하늘이 어둡다
쏴 하니 바람이 창문을 두드린다
유리창 너머에 초라한 얼굴 하나
빗물일까
흐르는 눈물을
조그만 우산으로 가린다
꽃, 장미꽃이다
흐드러지게 핀 향기에 취할 때
바람일까
창문에 흐르는 빗방울 쓸어간다
얼굴 하나 사라진다

아내에게

당신은
내가 사랑한다는 말에
속지 마세요
나는 아직도 사랑을 모른다오
수십 년간 당신에게
사랑한다 말했지만
이제 그 사랑이 뭔지
관심을 갖고 생각한다오

당신이 사랑을 안다면
나에게 가르쳐주세요
유치원 아이처럼 머릿속에
꼭꼭 심어놓고
꽃피우고 싶어요

아침에 잠에서 깨어나
당신의 복숭아 같은 얼굴을 쓰다듬고
딸기 한 입 베어 물듯
앵두 같은 입술
벌 나비 꿀 먹듯이

뽀뽀하는 거 그런 사랑 말고
당신을 가슴에 심어놓고
언제 어디서든

맛난 것, 아름다운 산천, 고운 음률
늘 함께 즐길 수 있는
그런 사랑 말이오

엊그제 시집온 새색시
당신은 언제나 그런 사람이오

마음의 파도

끝없이 밀려오는 파도는
보잘것없는 미련스런 바위에게
무슨 사연 깊어
저렇듯 가슴을 두드릴까

저 파도처럼
나도 그 사람을 두드렸다면
지금처럼 후회하며
흩어지는 석양 속
마지막 정열을 불태우는
한 자락의 구름이 아닐 것을

너 파도야
그만 밀려오렴
네가 밀려오지 않아도
네 마음 다 안단다

배추

찬 바람 불고 서리 내리는 들녘
얼고 녹기를 거듭하다
어느 날 문득 밑동이 잘리고
상처 깊숙이 소금을 뿌린다
폭폭 절여진 하룻밤,
새로운 꿈을 꾼다

양말 장수

진남시장 파출소 옆 시장의 터줏대감같이
비 오는 날 빼고 하루도 거르지 않고
허름한 차에 양말을 가득 싣고
엄마 양말
아빠 양말
어린이 양말
아주 싸게 판다고 외칩니다

그러다 작년 봄부터는
스타킹도 보이더니
아줌마 몸빼도 걸리고
예쁜 머플러도 바람결에 날리고
간이 걸이대에 쫄바지 나시
노상 종합 패션으로 발전했습니다
몇 년 후에는 어디까지 갈까
아마도 목 좋은 곳에
종합 패션 가게 주인이 되겠지

외로움

어디에서 오는 걸까
이 지득한 외로움은

내리는 빗줄기가
하염없이 유리창을
두드리는데
누구 하나 창문 열고
맞이해주질 않는다

나는 언제까지 혼자일까
나도 둘이 되고 싶다
은은한 스탠드 불빛 아래
와인잔 너머
벚꽃 같은 임에게

흠뻑 취하고 싶다

그 사람 1

여명이 밝아올 무렵
아침 이슬로 스며들어
영롱한 물방울 보석처럼 네 눈은
사파이어의 찬란한 무지개 호수였지
콧날은
예술인이 천사들과 노닐다 왔는지
오뚝하게 솟아 있고
예쁜 장미 꽃잎 붙여놓은 듯
한입 가득 베어 물고
달콤한 꿀 음미하듯
네 향기에 녹아들고 싶었지
당신의 청순한 얼굴과
밝은 미소가
가슴속에 있을 때
나는 이 세상, 행복한 꿈을 꾼다

그 사람 2

그녀와 눈이 마주치자
그녀, 종종걸음으로 달려와
가슴에 안긴다
두 손을 뻗어 살며시 안아준다
가쁜 숨이 가라앉을 때
살며시 눈을 맞춘다
눈빛이 아침 이슬 먹은 듯 촉촉하다
정성 들여 빚은 듯한 송편 같은
콧등 아래로 입술이
꽃보다 예쁘다
달콤한 향기가 뿜어 나온다

봄바람

봄바람을 준다고
온 동네 소문내어
너도나도 맞이하려
한 이슬 먹었는데
몰아닥친 찬 서리에
민들레도 수선화도
들녘 봄나물도
어깨를 움츠리며 주저앉아
뜬소문 지나가고
따스한 봄바람이
촉촉한 봄비 갖고 오길 기다린다

3부

나비

살면서 가득 채운 줄로만 알았지
조그만 가슴
이제는 더 채울 것 없다고
정말 정말
그렇게 믿었어
그런데 나비 하나 날아왔어
가슴에 둥지를 틀고 정착했어
조그만 나비가
울리고 기쁘게 했지
근데 아무것도 할 수 없었어
나비가 내 안에 집을 지었거든
그래도 좋아
너를 훨훨 날게 할 수 있으니까

은하수

은하수 쏟아지는
밤하늘에
당신 얼굴
띄워봅니다

어느 별에 어울릴까
이 별 저 별 맞춰보며
별마다 당신 얼굴 새겨놓으니
여기를 봐도
저기를 봐도
당신 얼굴뿐이네

내가 여기 있고
네가 여기 있는데
은하수 건너 거기도
내가 별이고
네가 별이네

월세방

부엌도, 욕실도 아닌
반 평 남짓한 다용도실
밥도 샤워도 하고
빨래도 하는 전천후 꿈의 방

서너 평 됨 직한 방
침대에 화장대
조그만 냉장고
꽉 찬 옷걸이대
이리저리 둘러봐도
빈틈이 없는
사랑이 가득 찬 보금자리

이 꿈의 궁전을 갖기 위해
얼마나 정열을 소비했던가
여기에 내 모든 꿈이 있고
뿌리내린 새싹이 돋을 때
슬픔의 안개는 사라지고
밝은 태양이 오색 무지개 되어
이 방을 가득 채우리라

당신

당신,
이 말을 하고 나면
난 정말 무슨 말을 해야 할까
망설여진다

사랑한다 말할까
아름답다 말할까
수고했다 말할까
고맙다고 말할까

오늘도 한마디 말도 못 하고
눈만 껌벅인다

너만 내 곁에 있다면

내가 여기 있고
너는 천 리나 멀리 있다
내 마음은 너에게 가 있고
네 마음은 내 가슴에 있다

너와 나는 하나인데
눈을 감으면
소녀 같은 네 모습이 보이고
눈을 떠 안으려면
어느새 안개 되어 사라진다

정이 무엇인지 모르고
사랑이 무엇인지 모른다
다만 내 곁에서 변치 않고
내 사랑이라 불러주는 너
언제나 가슴 설레게 하는
너만 내 곁에 있다면

마음의 그림

하얀 백지 위에
그림을 그리고 싶다

당신의 얼굴을 담으려니
백지가 당신의 얼굴이라
점 하나 못 찍고
선 하나 긋지 못한다

당신의 마음을 그리려니
하얀 순수한 마음
호수같이 맑은 마음
하얀색도 푸른색도

하루 종일 그린 그림
백지 위에 마음 담아
명작인 듯 바라본다

내가 제일 부자다

내가 세상에 나와서
제일 기쁜 건
당신을 만난 것이요
내가 세상에서
제일 부자라고 느낀 건
당신이 내 거라는 것이요
이 세상에 제일 소중한 것이
늘 내 곁에 있고
내 품에서 밤을 보내고
아침을 맞이하고 있지요

당신의 순수한 마음
아름다운 모습을
나는 매일 가슴에 옮겨놓지요
언젠가 내가 그림을 그리게 되면
하나하나 그리려고 말이오

내 가슴이 이렇게 넓은 줄 몰랐소
끝없이 당신이 들어가고 있으니

내 안의 당신

언제부턴지
늘 내 곁에는
그 사람이 있다
내 눈빛만 봐도
내 얼굴만 봐도
내 손짓만 봐도
내가 눈을 감고 있어도

영락없이 필요한 걸 준비한다
이제 나 혼자는 아무것도 할 수 없다
오직 하나 사랑해요

아내

여보, 우리 외출할까
이 밤에
응, 어때 가까운데

당신 모습이
우리 처음 만났을 때와 같아
정말,
지금이 더 멋져

바바리코트 속으로
아내의 손이 불쑥 침투한다

와 아직도 당신 손 따뜻하네
왜 그래 난 당신의 영원한 난로야

하늘만큼 땅만큼

그녀에게 사랑한다 말했다
그녀가 물었다
"얼마큼?"
아! 사랑도 크기와 부피가 있는가 보구나
"하늘만큼 땅만큼"

비가 와도
그녀가 우울해도
허구한 날
하늘만큼 땅만큼 사랑해

내가 사랑하는 반만 날 사랑해도
나는 행복할 거라고 으스대곤 했다

그녀는
내가 먹는 밥부터 반찬까지
건강이며 운동이며
사랑으로 날 가두었다
하늘만큼 땅만큼
나는 행복하게 자유를 잃었다

의식

“자기야, 아”
상추에 가득 한 주먹이나 됨 직한 사랑을 싸서
꿈꾸는 듯 입속에 넣어준다

아내와 모처럼 횟집에 왔는데
옆자리가 몇십 년 전 내 모습이라니

음식이 차려지자
맑은 달빛에 별을 심은 듯
아내의 눈에 초롱불이 켜지고
환한 미소가 한 상 가득 퍼진다

요것 저것 입 안에 넣는 것이
처녀 때 그 모습 그대로다
아내는 지금도 내 곁에서는
자기가 처녀인 줄 착각하고 있다

맛있게 먹는 아내가
소담스런 딸기 같다
침이 꿀떡 넘어간다

상추 한 잎 펴 들고 회
이것저것
손안에 가득 싸
아내 입에 내미니
아내는 꿈인 듯 몽롱한 시선에 든다

우리 집은 만물상

문을 열면 신발 가게가 있다
슬리퍼, 운동화, 구두, 샌들, 하이힐,
주욱 둘러봐도 구두 하나 더 진열하기가 만만치 않다
한 발을 들여놓으면 곡물 가게다
처가에서 보내준 찹쌀, 농협에서 들여놓은 일반미,
친구가 보내준 고구마, 감자, 마늘, 양파, 잡곡, 검은콩이
진열되어 있다
우측 골목은 아들의 난장이다
컴퓨터, CD, 책, 장난감에 머리가 어지럽다
반대 골목은 내가 관리하는 나만의 공간이다
한쪽 벽은 그림과 병풍으로
한 면은 책방으로 또 한 면은 주류 판매점이다
소주부터, 담금주, 고급 양주까지
중앙로에 들어서면 주방 용품, 전자제품, 가전 품목,
속옷부터 일반 의류까지
한쪽엔 꽃도 진열되어 있었다
그리고 비밀의 방에 들어가면
그냥 비밀이다

무거운 밥그릇

"여보 식사하세요"

매일 같은 우리 집 차림표
그래도 나는 꿀맛

며칠 굶은 듯 허겁지겁
입 안에 가득

으드득
식탁은 갑자기 고요에 잠긴다

"여보, 내 정성이 조금 가벼웠나 봐요?
그렇게 큰 바윗덩어리가 들어간 것 보니"

"아니야, 나이 들면 천천히 씹어 먹으라고
나한테 경고해주는 거야"

추석

"여보,
시장에 좀 같이 가요!"
재래식 시장에
삼십 년 넘게 모시던 마나님 따라
근위병으로
무거운 짐꾼으로
아주머니 할머니와
조그만 흥정 속에
검정 비닐 봉투는 가득 찬다
"할머니 많이 파세요"
"그려 새댁도 추석 잘 쇄"
아니 육십이 낼모랜데 새댁이라니
마나님 얼굴이 환해진다

연인

우와, 정말 예쁘게 피었네
그렇구나 정말 예쁘구나
자기야 이 향기 좀 맡아봐
나는 모르겠다 무슨 향기인지
장미 향도 몰라
나는 네 향기에 취하여 다른 것은 모른다
아~ 이 거짓말
여기 있는 장미꽃 다 보태도 네 향기만큼이야 하겠어
자기야 뭐 먹을래 오늘은 내가 쏠게

그녀

내 눈 속에
그녀가 자리를 잡고 앉았다

내 콧잔등에
그녀가 그네를 탄다

내 입속에
그녀의 젤리가 있다

내 귀에
그녀의 하모니가 있다

내 심장에
그녀의 화살이 박혀버렸다

팔베개

살며시
팔 하나 내어주니 장미 향이 가득하다
눈 감으며
마음속 옹달샘
맑고 깊은 물속에
그대 얼굴이 얼비친다

숨 가쁜 박동 소리
온 세상에 메아리치고 무지개 꽃마차 탄
아득한 꿈속 같아라

새벽

창문을 두드리는 소리에
어슴푸레 잠에서 깨어난다
휘이잉 휘파람 소리가
창가를 지나며 여운을 남긴다
입춘이 지나서일까
제법 굵은 비가 내리나 보다

이불을 둘러쓰고 빗방울 소리 털어내도
끝없이 달라붙는 빗방울
이내 항복하고 만다

유리창 빗물로 닦아내더니
꿈속 그녀가 다가와 배시시 웃는다
아! 너도 꿈속에서 나와 함께했구나
속마음 들킨 나
가슴 두근거리며
얼굴이 빨개진다

낙서

하얀 가슴에 그녀가 낙서를 한다
하트도 그리고 사랑한다고 쓰기도 한다
어느 날은 미워한다고
눈물방울 찍는다
그녀의 기분에 따라 울고 웃는
하얀 보드를 내어준다
오늘도 내일도
하트와 사랑한다는 낙서만 가득 채워지길 바라며

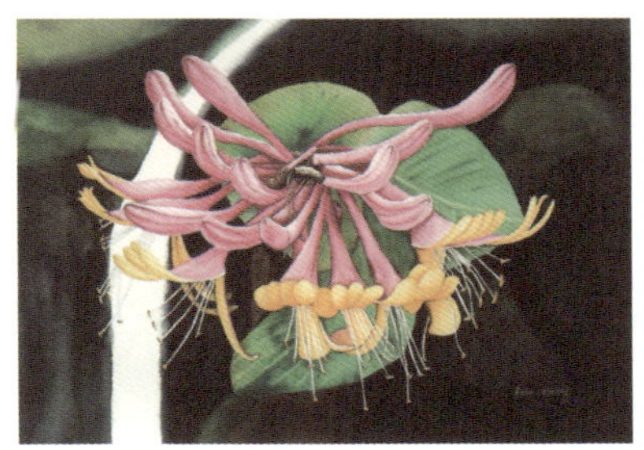

내 가슴에

언제였을까
내 가슴에 살며시 숨어 들어와
뚝딱뚝딱 집을 짓더니
마음을 조금씩 훔쳐 먹는다
그까짓 것 지가 먹어봐야 했는데
아! 이건 아니야
점점 식성이 강해진다
아무도 보여준 적 없는
사랑의 창고를 열었다
연보랏빛 속에 무지개가
찬란하게 솟아오르는
우윳빛 진주를 가득 담아
그녀의 가슴에 안겨주니
환한 미소로 잠이 든다

사랑 2

내가 다술사라면 좋겠다
그대 마음을 비우고
나를 채워놓고 싶다

내가 시인이면 좋겠다
당신을 사랑하는 내 마음을
꽃으로 피우고 싶다

내가 화가면 좋겠다
싱그러운 아침 이슬 먹은
한 송이 장미꽃 같은 당신을
화선지에 그려놓고 싶다

내가 조각가라면 좋겠다
예쁜 당신을 옥석으로 조각해
세상에 남기고 싶다

내가 영화감독이면 좋겠다
우리들의 사랑을 한 편의 영화로 만들어
행복한 삶을 보여주고 싶다

어쩌란 말이오

가슴속에 숨겨놓은 내 마음을
당신은 송두리째 가져가고
어쩌면 그렇게도
시치미 떼시나요

당신은 활짝 핀 장미 같은 미소로
내 가슴을 두드렸고
당신의 달콤한 속삭임에
내 가슴을 열었다오

아~
당신의 따스한 손길에
가슴속에 고이 간직한 내 마음을 보자기에
사랑, 정, 애정 다 싸서 드렸는데 어쩌란 말이오

나에게 남은
미련, 미움, 질투
이런 건 당신에게 주고 싶지 않아요

정

놓고 싶어도
놓지 못하고
끊고 싶어도
끊지 못하는 정

이리저리 얽히고설키어
풀어낼 수 없는 정

조그만 가슴에
무슨 정을 심었기에
뽑아도 뽑아도
산비탈 따비밭 잡초보다

더 많이 솟아날까

텃밭

늦은 오후
텃밭에
가녀린 아낙네가
쉬임 없이 호미질한다

한 번의 손놀림이
얼마나 정확한지
이름 모를 풀들이
비명을 지르며 뽑혀난다

떠꺼머리총각이 이발소 다녀온 듯
상추, 들깨, 아욱, 파, 열무
환하게 웃는다

얼굴에 환한 미소 지으며
상추, 들깨 몇 잎 따서
종종걸음으로 집으로 들어간다

나무는

가지마다
푸른 잎 곱게 내밀어
하늘을 가리고
지나는 새
사랑 놀이터 만들더니

하나하나 고운 색으로
갈아입혀
바람 불 때마다
몸을 흔들어 털어낸다

허전한 가지에
하늘 하얀 마음을
가지 위에 쌓아놓는다

4부

눈 내리는 향일암

마음이 가는 길 따라
금오산 끝머리 향일암 오르는 계단에
발자국 하나 올려놓는다
거북의 튼실한 몸으로 몇 아름 되는
용 아홉 마리를 등에 업은 일주문

저 아래 주차장은 비가 오는데
일주문 근처부터 어린아이 주먹만 한 눈이
우산을 두드리며 아우성이다
한 발 한 발 계단을 밟는다
하이얀 눈송이
내가 지나온 발자국을 지운다

암자에 다 오르려면
지나온 발자국이 얼마나 될까
비틀거린 발자국은
하이얀 눈으로 가릴 수 있었으면
암자의 풍경 소리는 요란한데
떨어지는 눈송이는 소리 없고
저 아래 바다는 예나 지금이나 벙어리고

신우대 서걱대는 소리가
가슴 한편 쌓아놓은 시름
싹둑 잘라 가는구나

백운산의 여명

풀벌레의 슬픈 합창 소리도
이름 모를 산새들 이야기도
가끔 울부짖는 짐승도
새날의 기운에 짓눌려
바람마저 고요한 깊은 산사
짙은 어둠을 헤치며
백운산 정상에 올라섰다

멀리 남해 금산 너머로
여명을 헤치며 해가 솟는다
잠자는 산하가 꿈틀대며
기지개로 남녘의 땅이 깨어난다

깊은 골짜기에 잠을 자던 운무가
해의 정령들의 빛을 받아
잠에서 깨어나 춤을 춘다

하이얀 치맛자락 레이스로
너울너울 휘날리며 이 섬 저 섬
가물가물 오색 무지개 햇살

춤추는 운무
하늘과 땅의 입맞춤이
남녘 백두대간 끝에서 춤을 춘다

산사의 밤

깊은 산사의 객방
어둠이 하늘에서 내려와
세상을 덮고
하늘에 하나하나 별들을 수놓을 때

나무 밑뿌리 사이에 머리 처박은 놈
떨어져 나뒹구는 낙엽 끌어안고 숨은 놈
부끄러운 줄 모르고 짝을 찾는 소리가
객방의 책 읽는 소리 찍어 누른다

마당에 나앉아 깊은 숨 들이쉬니
하늘의 별들이 가슴 가득 안겨든다
귓전을 어지럽히는 미물도
소슬바람에 흔들리는 풍경 소리도
마음의 귀를 닫고
하늘의 속삭임을 듣고자
무심의 공간을 더듬는다

선인장

돌산도
대교를 지나 휘돌다 보면
달마사에 오른다
조그만 산사 마당 담 밑에
선인장 대여섯 그루 화려한 꽃 가시 사이로
소담스레 피워놓았다
가시의 날카로움도
싱그러운 처녀 허리도
스님의 목탁 소리 같아라

등성 너머 떠오른 해가
서산 너머에 숨을 때
까까머리 스님
무거운 짐 내려놓는 듯
종소리
꽃잎 되어 하나하나
내려앉는다

여수

여수를 제쳐놓고
말하지 못하리
순천을 지나 여수에 들어서면
발길 닿는 곳마다
바다 바다 바다의 절경이
네 가슴을 두드릴 것이다

오동도에 들어서
걷다 보면
순결을 지키는 동백꽃도
선비의 기상도
네 가슴을 두드릴 것이다

영취산 흥국사
한 굽이 두 굽이
민족의 열사 나라의 충신
돌아들면 충렬이 가득한 기상이
네 가슴을 두드릴 것이다

돌산대교를 지나

거북이 등에 올라탄 향일암에 오르면
신새벽의 기운이
네 가슴을 두드릴 것이다

도솔암의 감나무

암자 밑 조그만 채소밭 가에
감나무 한 그루,
잎사귀를 내려놓고
아이 주먹만 한 감 몇 개를 걸어놓고
손님을 기다린다
반나절이 지나도록 손님이 없더니
오후에야 까마귀 한 쌍이 날아와
주인과 흥정을 한다
까악 까악 까악
주지 스님 머리 위를 휘휘 돌다
'저놈이 시주 좀 하라고 하는구나'
부엌으로 들어가신 주지 스님
감나무 아래,
공양미를 뿌려주신다

해인로 화양면

한낮이 숙여갈 때
멀리 여자도가 보이는
해안 도로에 발자국을 찍는다

밀물 나그네 떠나간 자리에
망둑어, 게, 조개들 영역 만들기 바쁘고
햇빛이 은빛 같은 보석으로 길을 열지만
어디 한 발인들 내디딜 수 있나

길가에 피어 있는 국화, 코스모스
어릴 적 책 보따리 등에 둘러메고
내달리던 시절, 꽃 한 잎 따서
친구 책 보따리에 힘차게 찍으면
선명하게 코스모스 한 잎 심었지

정자에 엉덩이 걸치고
멀리 산자락에 올라탄 해를 바라보니
어릴 적 친구들 눈도장 찍으며
하나씩 스쳐 간다

산

정상에서 길게 자란 숲 속을 헤쳐 나오면
아래로 드넓은 바위다
절벽을 타고 내려오면 양옆에
조그만 숲이 그린 듯 펼쳐 있다
움푹 들어간 골짜기 양쪽에
공작 깃털 같은 숲에 둘러싸인 호수가
밤하늘 별같이 반짝이고
곱게 흘러내린 언덕 아래엔
그 깊이를 알 수 없는 쌍굴에서
신비의 기운이 끊임없이 흐르고
실개천 따라 내려오면
붉은 장미가 활짝 피어 있다
절벽 따라 내려오면
마이산 계곡으로 들어선다
영원한 원천수를 간직한 신비의 산이다
아래로 드넓은 곡창지대를 지나
조그만 언덕 얼기설기 엉켜 있는 숲에 들어선다
알 수 없는 향기가 숲에 진동하여
정신이 혼미한 상태로 중앙에 다다르면
계곡의 신비에 혼은 저 멀리로 소풍 가고

무릉도원에서 신선놀음 즐긴다

고향 친구 가족 방문

"여보세요"
"어 어, 그래, 왜? 뭔 일이야?"
"아~ 순천만 갈대숲, 자네가 카페에 올려놓은 글"
"그게 뭐 문제가 있나"
"집사람과 며늘아기가 거기 간다고 아침 일찍이 기차를 탔네"
"그래 알았네, 내가 알아서 안내할 테니 걱정 마시게"

순천역에서 합류해
갈대숲으로 가는 길에
맛의 명가 망뚱어탕으로 간단히 점심 먹었다

부인은 만나자마자
며느리가 너무 착하고 순진하다며
며늘아기 자랑이 쉬지 않는다
외국 여성이지만 우리 대학을 나와
의사소통에 지장이 없고
서로 챙겨주는 것이
몇 년 만에 만난 모녀 같다

전망대에 오르니

석양의 순천만이 한눈에 들어온다
철새 소리 가득하다

향일암에 가는 길

돌산대교를 지나서,
꾸불꾸불한 길을 돌고 돌아
향일암에 가는 길

돌산 갓이 지천이고
수십 그루의 소나무 너머에
조그만 모래사장이
반짝이며 눈인사를 한다

굽이굽이 돌아가는 해안 길에 올라서니
아찔한 절벽 밑
파도와 부서지는 포말이
하얗게 아우성친다

멀리 보이는 섬,
아슬아슬한 길을 지나
거북이 등에 오르면
수평선 아득한 바다로 항해를 한다

만성리해수욕장

검은 모래
흑진주 같은 조약돌
행여나 때가 낄까 봐
차가운 바람으로 바닷물 밀고 와
하나하나 씻어주고 소멸되는 파도

멀리 보이는 남해 섬
수평선에 점점이 떠 있는 화물선
부서지는 파도
뜨거웠던 여름
찬란하게 떠오르는 일출
여신상을 옮겨놓은 것 같은
비키니복의 내 사랑

한 발 한 발 검은 모래 위에
도장을 찍노라면
지난날의 추억이
바바리코트 자락 휘날리는 틈새로
소금물 가득 담아
식어버린 가슴을 절여준다

백야도 둘레길

화양면 세포를 지나 백야도 다리 건너서
오른쪽으로 십여 분 거리에
조그만 어촌 마을

경사 길을 올라 십여 분 걷다 보면
수십 길 낭떠러지 옥빛 바다에
멀리 꽃섬
상도, 사도의 형제 우의를 보고
내친김에 고흥 팔영산 자락을
눈 아래 끌어당겨
손바닥 위에 올려놓는다

돌아가는 산자락에
진달래가 활짝 웃으며 반겨주는 것이
신랑 맞이하는 신부의 얼굴이다

아산시 웅천 1동

"형님 우리 한잔 더 합시다"
"아냐 난 취했어"
"일단 가보시면 형님 좋아할 거요"
아산시 웅천 78번지
문득 사십 년 전으로 돌아왔다
입구 옆 화덕에 올려진 무쇠솥, 나무절구
벽지는 신문지로 되어 있고
안주류와 술 안내판은
종이에 적어 띄엄띄엄 붙어 있다
구석진 곳에 변소
이 글이 왜 정다울까
조그만 홀에는 연탄 넣는 둥그런 원탁
방을 들여다보니
"오호라 이게 뭐야?"
재봉틀 옆에 요강하며
앉은뱅이책상 책장
분위기상 막걸리 한 되와 빈대떡 한 접시
다 찌그러진 양은 주전자에
술과 안주가 탁자에 놓인다
한 사발씩 가득 채우고

형님 한잔 드세요 그래 자네도 들지

이순신광장

여수의 중앙 로터리 옆에
이순신광장이 진남관을 등에 업고
수백 년 전 무적 해군이
바다를 포효하며 종횡으로
승승장구하는 기상이 펼쳐진 듯
거북선의 조형물과
바닥에 태극 문양으로
새겨놓은 이순신 장군의 협조자들

목조건물의 전망대에 오르면
장군도의 흔들림 없는
남아의 기상을 엿보고
굽이쳐 흐르는 바닷물은
소용돌이치는 세상을 훔쳐볼 수 있다
긴 시간이 지난 여기에서
수많은 병사들이 피 흘리며 전장을 누비는
긴박한 상황이 가슴에 스며들어
심장에 불을 지핀다

제주 한라산

밝아오는 성판악
칼바람을 어깨로 밀어내며 등반길에 오른다
눈이다
내가 밟고 가는 길도 눈이요
시야에 보이는 것도 눈이다
장승처럼 서 있는 나무들도
눈옷을 입고 있다

하얀 눈 속
까마귀 떼 반기는 소리가
시끄럽다

진달래 휴게소에서 바라본 바다
운해다
햇살에 은은히 빛나며
바람에 살아 움직이는 뭉게구름
끝없이 펼쳐진 운해가
제주를 품에 안고 있다

도솔암에 오르는 길

영취산 도솔암에 오르는 계단을 밟는다
나무들은 겨울 준비 한다고
수고한 잎새를 딸아이 시집보내듯
곱게 단장시켜 하나둘 내려놓는다
밑에서 올려다보니 아득한 천상에 오르는 듯 가물거리고
바람은 구름을 몰고 와 스쳐 간다
한 계단 두 계단 어느덧 신우대에 싸인 저편에
수백 년 영취산의 정기를 받은 도솔암이 고풍스럽다
좁은 계단을 올라 암자의 앞마당에 들어선 순간
정신이 번쩍 들며 두 눈을 크게 뜬다
암자의 정면 문짝에
구름을 탄 천사의 미소가 선명하다

거북공원

호수 가운데 바위 위
자라 한 놈이 떡하니 올라앉아
제왕인 듯 지그시 눈을 감고
비둘기 몇 놈 날아와 보고하는 걸
고개 한 번 끄덕인다

장기판 둘러앉은 할아버지 어깨 위로
봄바람이 살랑댄다

순천만 갈대

겨울비가 앙상한 갈대를 두드려 팬다
제대로 서 있기도 힘겨운데
바람까지 몰고 와 흔들어대니
스아악 스아악
비명 소리가 갈대숲에 퍼진다
바닷물 빠져나간 개펄을
철새들 파헤치기 바쁘고
회색 두루미는
높은 자리에 서서 경계 근무를 서는가
목을 길게 빼고 살핀다

매화마을의 대숲

섬진강 흐르는 남쪽
매화마을 중앙에
푸르른 잎 품어놓고
올곧게 서서
사방을 둘러본다

겨우내 죽은 듯 잠자던
홍매화 청매화 백매화
봄비 두어 차례 문안 인사 받고
제 세상 만난 듯
가지마다 화려한 꽃 피워
강바람에 매화 향기 뿌린다

매화 향기가 싫은 걸까
대숲이 허공을 비질하여
이리저리 쓸어대니
산 넘고 강 건너 멀리멀리 퍼져
향기에 취한 놈
대나무 몸통에 사랑 고백 남긴다

장미

섬진강 물 굽이도는
여울목 언덕 위 조그만 찻집 담장에
흐드러지게 피어 있는 덩굴장미
다가가 향기에 젖어드니
장미가 속삭이네
아무리 화려하고 향기가 깊은들
순간에 지나가는 한철입니다
힘을 모아 꽃 피우고
향기 발하지만
지나는 이 다가와 서슴없이
꽃을 따고 꺾어 가니
이 몸의 상처 아물 날이 없답니다
부탁입니다
상처 주지 마세요

돌산 갓

밭두렁 사이로 소복이 쌓여 있는
크고 작은 돌덩어리
옛날부터 끊임없이 드러냈고
지금도 드러낸다

척박한 땅에 뿌려놓은 갓
해풍 색이 짙다

한 바구니 뜯어다가
얼큰한 양념에 버무려
한입 떼어 씹으면
쌉쓰레하고 매운 맛이 입 안에 가득
밥 한 공기가 어느새 바닥을 드러낸다

요트장 건너편 호프집

호프집 창가에 앉아
파전에 따라 나온 안주 몇 접시
소주 한 병 비워갈 때
창밖 요트장 바다에
종이배 접어 띄워놓은 듯
조그만 돛단배 몇이
이리저리 바람 따라 흘러 다닌다

이리저리 헤맨 세월,
허름한 호프집 술맛이 쓰다

여수 시청

고풍스런 건물이
어서 오라 반긴다
로터리 적송들이
선비처럼 서 있다
도포 자락 휘돌 때
거대한 회색빛 두루미 한 마리가
알을 품은 듯
날개를 접고 앉아 있다
동쪽으로는 전에 낳은 새끼인 듯
두 마리가 다정하게 노닐며
세상을 향해 비상하려는가
힘이 차 있다
저 거대한 두루미가
창공으로 힘차게 솟아올라
전설의 봉황같이 하늘을 수놓아
여수의 아름다움을
만방에 알리려 한다

철새

육십 년 만에 오는 임진년 흑룡의 해
활기찬 새해라고 희망을 맞이한 것이
어제 같은데 일월을 털어버렸다
이월의 첫날
칼바람이 부는 매서운 한파에
석양이 보고 싶어 화양면 바닷가를 찾았다
여자만 수평선 멀리 고흥 산하가 보이고
가까이는 바닷물이 빠져나간 자리에
여기저기 꽂아놓은 대나무만
오고 가는 철새들과 인사하기 바쁘다
순천만 갈대숲에서 놀던 철새들이
가족과 친구들이 어울려
여기까지 소풍 왔는가
풍요로운 갯벌에서 먹고 놀기 바쁘다
하늘은 핑크 빛으로 색을 수놓을 때
늦기 전에 집에 가려는 듯
붉은 하늘을 까맣게 수놓으며
순천만 갈대숲으로 날아간다

금오도 비렁길

돌산 신기선착장에서 배를 탔다
금오도 시골 버스도 한참이나 탔다
직포에서 코스마다 발자국을 찍었다
해안에 펼쳐진 절벽은 심장을 두드린다
소나무는 아슬아슬 바위에 걸터앉아
비렁길 아래 바다가 두려운지
좁은 바위 틈 사이에 긴 뿌리 찔러두고 있다
옥빛 바다는 끝없이 파도를 만들어
바위에 부딪쳐 산화된다
사람의 접근이 싫었을까
금오도에 뿌리내리고 깊은 숲 이루었다
옥빛 바다는 햇살의 은가루를 뿌리고 있다
덩실덩실 춤을 추며 어선 한 척 다가온다
신우대 숲길에 선조들의 애환인가
간간이 석 담이 누워 잠자고 있다
스산하게 울부짖는 신우대 서걱이는 소리
먼 옛날 아낙네의 가슴을 쥐어짜고 있다